El Raton de ciudad

y el

Raton de Campo

Ilustrado por Graham Percy

PERALT MONTAGUT EDICIONES

Erase una vez un feliz ratón de campo que
recibió la visita de un antiguo amigo que
vivía en la corte.

Para obsequiar a su invitado, el ratón de campo le ofreció sus mejores quesos y su tocino más delicioso.

Además, le sirvió maíz tierno y pan recién hecho.

Y, para que bebiera, le trajo agua fresca y cristalina
del arroyo de un bosque cercano.

Después de aquella deliciosa comida, los dos
ratones se sentaron junto a la chimenea a charlar
un rato.

—No logro comprender —dijo el ratón de la
ciudad— cómo puedes vivir en un sitio tan solitario
y comer estas cosas tan vulgares.

—Sin embargo, allí en la corte los banquetes no
tienen fin y, además, se celebran muchos bailes y
fiestas por doquier.

¡Pero creo que deberías verlo por ti mismo! Ven
conmigo mañana, cuando vuelva a mi casa.

—Bien —contestó el ratón de campo—, lo pensaré, detenidamente esta noche y mañana te diré lo que he decidido.

A la mañana siguiente, muy temprano, el ratón de campo fue a llevarle el desayuno a su amigo.

—Buenos días —le dijo—, he pensado bien lo que me propusiste y no es mala idea... ¡Iré contigo!

Caminaron durante todo el día, y era
ya muy tarde cuando llegaron a la
corte.

Pero dentro, en la lujosa sala de banquetes,
quedaban aún los restos de un espléndido festín.

Así que pudieron disfrutar de todo tipo de pasteles, tartas y otras ricas golosinas...

... y hasta bebieron del más exquisito cava.

Pero en el momento en que iban a empezar un suave y oloroso queso, oyeron los temibles ladridos de un gigantesco perro.

¡Y aun fue peor cuando, de pronto, escucharon
aterrorizados el maullido de un gato!

Por si esto fuera poco, de repente, se oyeron pisadas de los sirvientes que venían a limpiar las mesas.

De un brinco, el ratón de la corte corrió a
esconderse en su agujero, sin ni tan siquiera
acordarse de su amigo, el ratón de campo...

... quien, muerto de miedo, fue
corriendo a esconderse detrás de
la borla de una cortina.

Una vez pasado el peligro, el ratón de la ciudad
salió de su escondrijo para buscar a su amigo y lo
llevó rápidamente a sus elegantes habitaciones
detrás de las paredes del salón de banquetes.

Una vez allí, el ratón de campo dijo, serena pero firmemente:

—Si todos estos ricos manjares y esta vida tan fastuosa son siempre interrumpidos por sobresaltos tan desagradables y peligros como los que hemos pasado, entonces prefiero volver a mi comida vulgar y a mi pequeña casita, en medio de la paz y el sosiego del campo.

—De todas formas,
supongo que pasarás la
noche aquí —dijo el ratón
de la ciudad.

—No gracias, ya he tenido bastante —contestó el ratón de campo mientras se deslizaba por la hiedra del tejado hasta el patio del palacio.

Rápidamente y en silencio, dejó atrás las brillantes y enormes botas de los guardias...

... y deslizándose bajo las grandes puertas de hierro,
se perdió en la noche.

Y no paró de correr hasta que llegó a su casita en el campo.
Amanecía y estaba todo muy tranquilo.

¡Qué feliz se sentía el ratón de estar en casa de nuevo!

Y suspiró feliz:
—Hogar, dulce hogar...